Joanna Jagiełło

Oko w oko
z diplodokiem

zilustrowała
Joanna Rusinek

EDUKACYJNY
EGMONT

2

Była wiosna, ale mimo to padało
i wiał mocny wiatr. Autokar mijał
wolno najpierw mokre ulice,
potem bure pola i zagubione
stacyjki kolejowe.

Bruno zerkał zza okna pojazdu
pomazanego smugami kropli.
Ale ten Gadoland daleko!
To cała wyprawa!

po-mi-do-ry

4

Julka jadła krakersy, a Adam
delicje. Bruno był głodny,
ale w pudełku została tylko sałatka!
Katastrofa! Pomidory, sałata i jajko
na twardo!

Bruno wolałby cokolwiek innego...
Kakaowe markizy.
Albo solone pistacje.
Albo malinowe cukierki...

– Julka, daj jednego. – Wskazał
krakersy.
– Akurat! – Julka pokazała mu plecy.
– Krakersy tylko dla nas. Dla klubu
Super-Truper.

kra-ker-sy

7

No tak. Klasowy klub Super-Truper.
Rafał z Adamem, Julka, Helka…
Prawie cała klasa była w klubie.
A jego w tej grupie brakowało.

8

Dlatego teraz był sam jak palec.
Smutny i markotny.
Obok tylko puste miejsce…

o-ku-la-ry

9

Klasa 1a tak sobie lubiła Brunona.
Bo był drobny i słaby. Miał wielki
nos, a na dodatek ogromne okulary.

za-ha-mo-wał

Gdy Bruno dumał o swojej doli,
autokar nagle zahamował.
Dotarli do parku Gadoland.

Od razu wbiegli za płot, bo tam stał
wielki metalowy dinozaur.
– To diplodok! Ale super! – wołali.

di-plo-dok

12

– Co by było, gdyby diplodok tak
nagle po prostu wybiegł z parku? –
zapytał Adam.

– Jak to co! Zjadłby małego
Brunona! – zawołała Julka.

– I jego okulary – dodał Rafał. –
Ty, Julka, ten Bruno to boidudek,
ma cykora! Ma pietra!
– Kto? Ja? Kłamstwo! – zawołał
Bruno.

dy-rek-tor

14

– Pora na wykład – oznajmił
dyrektor.
Cała klasa pobiegła do budynku.

W sali wykładowej stała wysoka
kobieta. Na plakietce miała napis:
profesor Hanna Mumia.
To dopiero! Mumia i dinozaury!

Wykład był długi. Bruno prawie zapadł w sen.
Dobiegały go trudne słowa.

– Historia... Dawne epoki...
Kreda... Jura... Wymarły
64 miliony lat temu... Diplodok...
Amator sałaty i innego
wege-pokarmu...

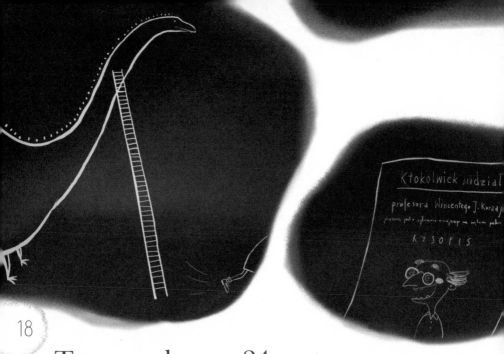

Ten z parku ma 24 metry.
Jest zrobiony z metalu, według
projektu pewnego naukowca…
Pracował on nad tym dwa lata,
prawie bez snu. To był jego ulubiony
projekt. Gdy dinozaur był gotowy,
naukowiec został w muzeum
na stałe. Dom oddał bratu.
Spał tu, w tej sali.

Ta informacja wyrwała Brunona ze snu.
– O rany! I co dalej? – zapytał.
– To zagadka – odparła profesor
Mumia. – Pewnego ranka sala
była pusta. Tylko okno otwarte…
Rozsyłano listy, policja badała tropy,
ale on po prostu dał drapaka…

– Podobno zostało tam jego serce – kontynuowała Hanna Mumia. – Jest taka legenda…

20

– No, ale basta! Wykład wykładem,
a teraz pora na muzeum. Te eksponaty
to skarby! Jest nawet dinozaur
ze złota. – Hanna Mumia wytarła nos.
– Alergia na dinozaury – oznajmiła.

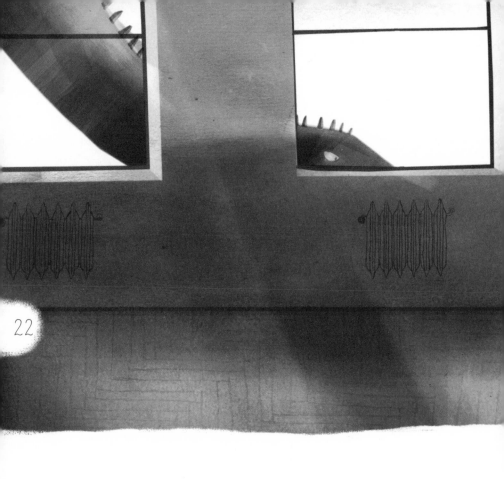

– Fajna ta legenda – uznał
Bruno. – I super to muzeum.
Co za frajda! Bruno lubił
dinozaury. I te ogromne, i te małe.
Z drewna, z metalu, z plastiku.

Interesował go ten gad z parku.
Diplodok… A jakby tak po prostu
tam pobiec? Adam, Julka, Rafał
i cały klub Super-Truper byli teraz
w innej sali. Ale kto taki obserwował
Brunona?

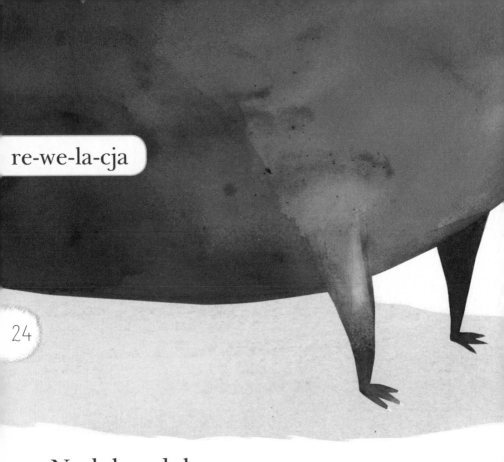

re-we-la-cja

24

Nadal padało.
Bruno wlazł w błoto, ale biegł dalej.
A tam – stał diplodok. Nogi grube
jak kłody. Wielka masa koloru
wołowiny! Rude łuski, ostre
pazury! Jaki fajny! Rewelacja!

DIPLODOK

Wzrost: do 27 m
Waga: 10 ton
Okres: Jura
Opis: Długi ogon,
malutka głowa,
mocne nogi
Wrogowie: brak

25

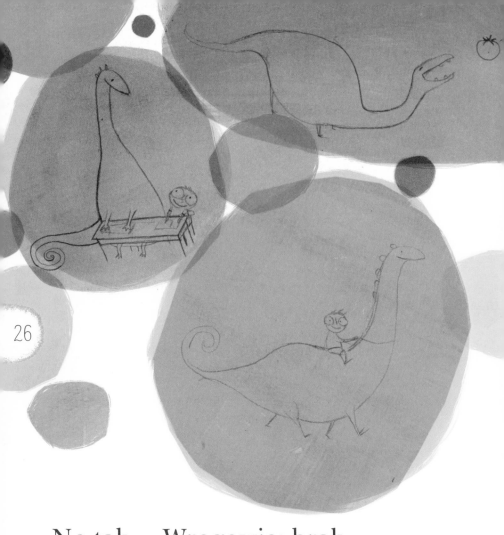

No tak... Wrogowie: brak.
Z takim wzrostem to normalne...
– Hej! – zawołał Bruno. –
Diplodoku! Jestem Bruno.

po-lu-bi-li-by

Jestem sam, bo cała klasa jest
w budynku. A gdybym tak został
twoim znajomym? Wtedy polubiliby
pewno nawet moje okulary...
I nagle...

– Ej, on mruga okiem! – zawołał
Bruno. – Co to? Fatamorgana?
Mam halucynacje? Ratunku!
Hop, hop!

ha-lu-cy-na-cje

Bez odzewu.

Jego głos był za słaby.

Był słaby jak pisk małego kota.

STUK...

stu-ka-no

PUK...

30

Stuk-puk! Co to? Jakby stukano
butami o beton. Butami?
Albo łapami? Dinozaur wolno
posuwał łapy. Tup. Tup. Jedna
łapa jakby kulała… Bruno zamarł.

Obserwował gada. Zrozumiał.
Dinozaur ma plany.
Jaka była ta legenda?
Gad zamruga okiem i opanuje
całe miasto? O rany!

ra-tun-ku

32

Gad był blisko płotu.
– Hej! Ratunku! – zawołał Bruno. –
Jest tu kto?
Z lewej – pusto. Z prawej – pusto!
Z tyłu – pusto.

33

Cała klasa w muzeum, i dyrektor,
i nawet ta Mumia.
Bruno pobiegł do bramy.
Była otwarta.
Ojej… Co teraz?

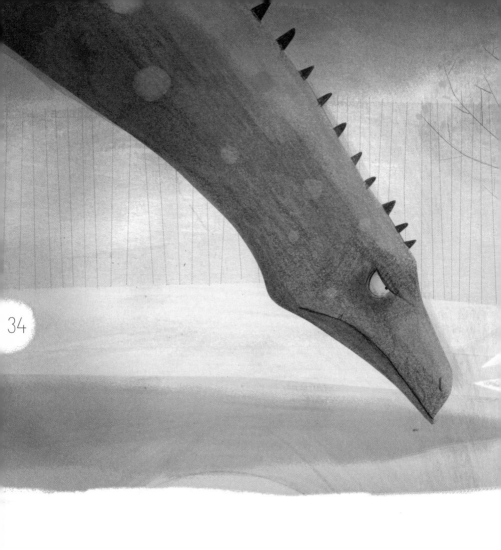

Nagle Bruno znalazł mały skobel.
To dopiero okazja!
Brama zablokowana!

za-blo-ko-wa-na

35

A diplodok zły. Oj, jaki zły!
Mruga tym swoim złotym okiem.
I jest blisko. Za blisko…
Bruno znowu zamarł.

„Cykor! Ma pietra!" – To jakby
głos Julki.
No tak. Ma. Jest tylko małym,
słabym boidudkiem…
Ale za to ma rozum.

Diplodok jest zły, bo jest głodny…
Tyle lat w tym parku bez obiadu…
bez kolacji… A co on lubi?
No tak, wiem z wykładu!
Pomidory i sałata.

ro-zum

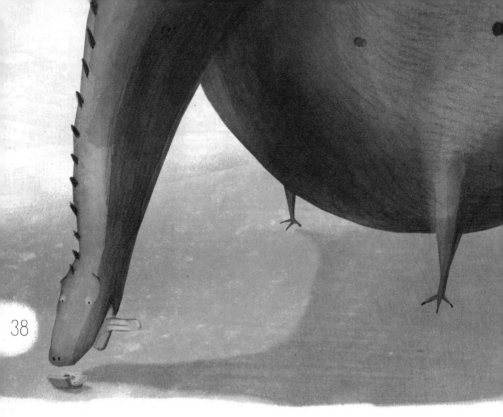

Bruno wymacał w plecaku pudełko.
Postawił blisko bramy, a potem sam
odbiegł kawałek dalej. Gad wbił łeb
w pudełko. Mlaskał!
Bruno był dumny.
Co za historia! Jak im to opowie…
Ale zaraz! Kto to kupi?

o-so-bli-we

39

Nagle dobiegł go głos.
– Bruno!
To dyrektor.
– Tu jestem! – zawołał Bruno.
Cała klasa biegła do dyrektora.
Ale gdy złowili wzrokiem dinozaura,
mieli nader osobliwe miny!

Niedługo potem
do parku
wbiegła policja.
Zabrali gada do zoo.

40

po-li-cja

Bruno wybiegł za płot.
– Pa, diplodoku! – zawołał i otarł łzy.

– Hej, Bruno, sorki za tamto.
Za krakersy… – Julka dała mu
pudełko.

– Co to jest?

– Cuksy. Malinowe. No i…

– Witaj w klubie – dodał Rafał.

har-dy

– Po co mi klub? – odparł Bruno. –
Teraz mam kumpla dinozaura.
– Ale hardy! – Julka zerkała
na Brunona. – Po co mu klub?
To dopiero!
– Łaski bez – dodał Rafał.

– Autokar gotowy do odjazdu! –
zawołał dyrektor.
Obok Julki było teraz wolne
miejsce. Bruno postawił plecak.
– No dobra. Daj te cukierki.
A klub… Zgoda. Pod jednym
warunkiem.

u-mo-wa

– Jakim? – zapytała Julka.
– Jestem dyrektorem. Umowa stoi?
– Jasne – odparli. – Stoi.

GAZETA

SOBOTA,

Sensacja w p

Fatalny finał wyprawy d

Wielka atrakcja okolicy, ogromny metalowy dinozaur diplodok zaatakował we wtorek w parku rozrywki. Bruno Malicki ma 7 lat. Sam wybiegł z budynku. „Wykład był nudny" – odparł, zapytany o cel samotnej eskapady. Bruno uratował miasto. Nakarmił gada pomidorami i jajkiem ze swojej sałatki oraz zablokował skobel od bramy.

arku rozrywki

arku Gadoland był blisko!

Zapytany o plany, mały bohater odparł:
„Plany? Na pewno wizyta w zoo.
A potem zrobimy film w klasowym
klubie Super-Truper.
O moim diplodoku".

Czytam sobie

Numeracja stron pozwala śledzić postępy w czytaniu i cieszyć się nimi, jednocześnie utrwalając liczenie.

Ramki ze słowami do **czytania sylabicznego** służą do ćwiczenia tej ważnej umiejętności na początkowym etapie nauki czytania.

za-blo-ko-wa-na

34

35

Nagle Bruno znalazł mały skobel.
To dopiero okazja!
Brama zablokowana!

A diplodok zły. Oj, jaki zły!
Mruga tym swoim złotym okiem.
I jest blisko. Za blisko…
Bruno znowu zamarł.

Wysokiej klasy kolorowe i zabawne **ilustracje** są harmonijnym uzupełnieniem czytanego tekstu. Bawią i wzmacniają więź z tekstem.

Bardzo duża czcionka ułatwia czytanie.